En hommage à "Madame Vache" et "White Bear"

qui ont si bien accompagné tant de nuits!

Doudou a disparu...

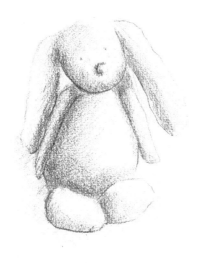

Alix Fresson

"Mon chéri, j'aime te voir lire,
mais c'est déjà l'heure de dormir..."

"Bonsoir petite maman,
où se trouve lapin blanc?"

"Nous allons le chercher :
n'est-il pas sous ton oreiller?"

Peut-être se cache-t-il
dans le salon?

"Euh... Non..."

"Voyons... Réfléchissons...

Ce matin c'est certain,
au petit déjeuner, lapin
me tenait la main."

"Puis je me souviens très bien
que lapin s'est promené avec le chien."

"Après, nous sommes partis en voiture
pour une nouvelle aventure :
Nous allions passer la journée
chez mes grands-parents adorés."

"Je m'amusais avec de vieux joujoux
et le train qui fait tchou-tchou
quand ma cousine est arrivée!
Nous avons couru dehors pour jouer.

Oh... Mais alors lapin
serait resté dans le train..."

"Maman je me sens si triste
sans mon lapin artiste,

J'ai aussi un petit peu peur
si je ne le serre pas contre mon coeur"

"Ne t'inquiète pas mon poussin,
Il reviendra sûrement demain."

"Lapin prend de petites vacances,
il te faut un peu de patience...

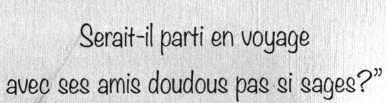

Serait-il parti en voyage
avec ses amis doudous pas si sages?"

"Il est peut-être devenu corsaire,

sur un bateau imaginaire?"

"Je l'imagine sur des skis à la montagne,
peut-être aussi avec une compagne?

Descendant les pistes enneigées,
mais sans trop se presser..."

Lapin a joué, dansé et ri,
puis il s'est endormi.

Après cette belle journée de fête,
il a oublié son bonnet sur sa tête.

"Bonjour mon poussin,
c'est déjà le matin..."

"Finalement maman, j'ai très bien dormi
pensant à lapin avec ses amis"

"Grand-mère a apporté une surprise :
lapin n'a pas fait de bêtises,

Et pour ne jamais se refroidir,
il est revenu avec un souvenir!"

Fin

La Haye, 2019
alix-design.fr

Lightning Source UK Ltd.
Milton Keynes UK
UKHW050607221119
353887UK00011B/172/P